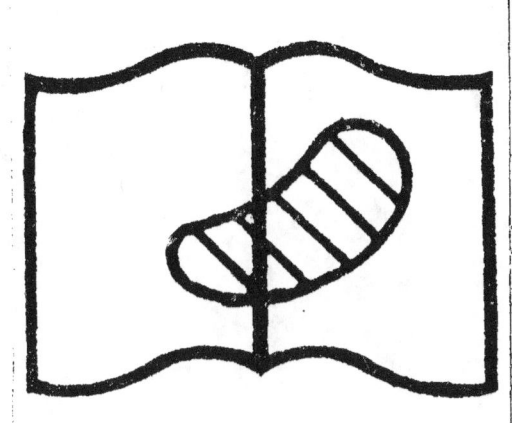

Illisibilité partielle

3/3

1.884

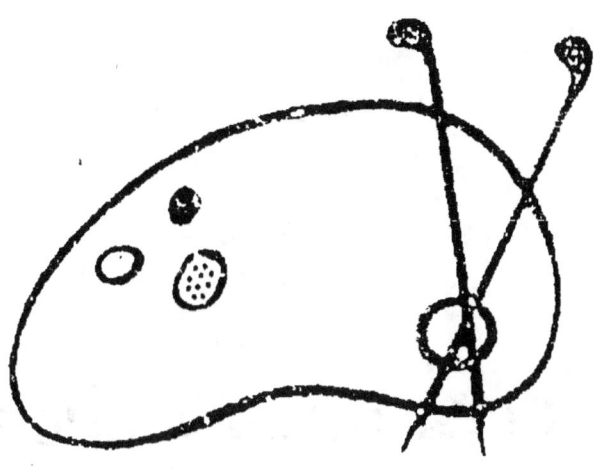

Fin d'une série de documents
en couleur

LE

FLÉAU DE LA GUERRE

—

4ᵉ SÉRIE IN-8.

LE FLÉAU

DE

LA GUERRE

ÉPISODE

DE L'INVASION DE 1814

PAR ALFRED DRIOU.

LIMOGES

EUGÈNE ARDANT ET Cᵉ, ÉDITEURS.

LE
FLÉAU DE LA GUERRE.

Il y a quelque chose comme vingt ans, à la fin d'un beau jour d'été, j'étais assis à table, dans une salle à manger gothique, en face d'un bon vieillard, mon oncle maternel, et nous savourions avec plaisir les reliefs d'un certain gibier du Der. De temps en temps, un petit coup de vin de Bar facilitait la mastication un peu lente déjà de mon digne parent ; et, par moments aussi, nous échangions quelques paroles, pour ne pas avoir l'air d'être par trop livrés à la jouissance exclusive de la bonne chère.

Soudain mon oncle s'arrêta dans son travail d'ingurgitation, et avec un visage qui jouait la surprise, l'œil presque inquiet, il me dit :

— N'as-tu pas entendu un coup de feu, mon ami?

Avant d'entamer le récit qui va suivre, cher

lecteur, je dois vous dire sur quel point du globe je me trouvais.

J'étais en Champagne, dans la charmante vallée de la Blaise, dont les prairies vaporeuses et balsamiques vont se perdre à l'infini dans ces lointains horizons, et j'habitais la bourgade d'Eclaron.

Une forêt druidique, ancienne comme le monde, la forêt du Der, lui sert d'encadrement accidenté, du côté de Montier-en-Der, au sud. Au nord, vers Saint-Dizier, les ondulations pittoresques des coteaux de Valcourt et de Moëslain forment sa bordure. Au levant, du côté de Vassy, les clochers d'Hambécourt et de Louvemont, leurs toits rouges et leurs massifs d'aulnes et de peupliers capitonnent son riche tapis vert ; enfin, au couchant, les flèches de Landricourt et de Sainte-Livière, avec les façades blanches de leurs maisons, coupent agréablement le paysage, en laissant l'œil s'égarer au loin, par des échappées mystérieuses, vers la plaine de Vitry-le-Français.

Rien de plus romantique en vérité que cette immense écharpe de verdure que borde la rivière de Blaise de ses admirables soutaches d'or.

Mais surtout, rien n'égale le coup d'œil magique qui s'offre brusquement aux regards des voyageurs sortant de la forêt, lorsque, au centre de cette belle nature, au milieu de cet océan de verdure jalonné de gracieux villages, il voit nager comme un nid d'alcyon, comme une corbeille de fleurs, la fraîche bourgade d'Eclaron, bien plus gracieuse encore.

L'église, dont la foudre a fait tomber la flèche, domine le bourg de ses combles ardoisés. Des maisons en bois, d'assez pauvre apparence, mais d'un heureux effet dans le paysage; quantité de fraîches villas baignant leurs bosquets et leurs pelouses dans les eaux de la Blaise; de petits manoirs coquets, voire même deux ou trois castels plus fiers encore, composent cette jolie petite ville, qui sourit quand luit le soleil, mais qui semble toujours grelotter, comme une petite maîtresse, quand il fait froid. Car rien, dans cette vallée, n'abrite d'assez près la bourgade contre la bise et les rafales de l'hiver.

Heureusement nous sommes en août, et le mouvement des chaos rustiques, le chant des bûcherons qui vont à la forêt ou en reviennent, les troupeaux qui mugissent, quelques cloches qui sonnent dans les profondeurs de l'horizon, toute la poésie d'un site ravissant nous fascinent, mon oncle et moi, et, pour mon compte, me livrent à l'enthousiasme.

Sur l'unique mais vaste place du bourg, en face de l'église, s'étale une large grille en fer, qui permet de voir en vedette un élégant kiosque vert, avec divans, à droite; à gauche, des remises et des écuries; puis une immense cour

avec pelouses et bocages ; et enfin, au fond,
un antique châtelet, déjà fort ridé par le
temps, mais ouvrant cependant, écarquillant
encore les grands yeux fort gais de ses fenêtres, pour voir les allées et venues des pas-
sants, et enfonçant bien avant sur sa tête son
énorme toit afin d'échapper aux catarrhes. Un
perron de belles pierres, avec rampes de fer,
qui semblent les béquilles du vieux manoir,
décore l'entrée de cette résidence. Mais, je
dois vous le dire de suite, si on retrouve un
certain air de morgue aristocratique dans la
moue que se permet ce castel gothique, il faut
le lui pardonner. Il a reçu peut-être bien, et
plus d'une fois, la visite fort honorable de notre sire de Joinville, l'historiographe de saint
Louis, qui ne demeurait pas bien loin de là.
Tout au moins il a été le rendez-vous de chasse
des ducs de Guise, et le Balafré s'y est reposé
maintes fois après de longues incursions cyné-
gétiques dans la forêt du Der. Le cardinal de
Lorraine y a dormi en une certaine chambre
que je connais, et je ne saurais dire si notre infortunée Marie Stuart n'y a pas fait un
séjour dans la famille de sa mère, pendant
certaines vacances, alors qu'elle était encore
enfermée dans un monastère de France, pour
y parfaire son éducation.

Ce que je puis dire et affirmer, par exemple, c'est que mon oncle et les siens devaient
à leur travail d'être devenus les possesseurs

de ce domaine, passé ainsi de noblesse en roture, ce qui devait humilier son orgueil. Mais aussi, pour le dédommager sans doute, l'aimaient-ils beaucoup plus que ne l'avaient apprécié problablement les fiers de Guise. Il y avait bien là compensation.

Toujours est-il que c'est dans ce châtelet, à l'une de ses fenêtres, en face de cette cour et de la place de l'église, que je me trouvais dînant, lorsque le bon vieillard, mon oncle, interrompit mon œuvrée gastronomique, pour m'adresser cette question soudaine :

— N'as-tu pas entendu un coup de feu ?

Je n'avais rien entendu, pas même le frémissement d'une brise dans le feuillage : la soirée était des plus calmes et des bouffées délicieuses de parfums nous arrivaient des parterres, de la plaine et du bois. Mais je me gardai bien pour cela de répondre :

— Non, cher oncle, je n'ai rien entendu, mais rien...

Je savais, par une expérience déjà faite, que mon oncle ne se servait de ce début que pour avoir occasion d'entamer un récit... qui faisait sa gloire, son triomphe, son bonheur !.... Aussi, en neveu complaisant, et sans même laisser soupçonner un sourire, je dis avec un air de doute un peu niais, qui sut le ravir :

— Peut-être bien... Il m'a semblé...

— Oh ! fit-il radieux, je saute en l'air au moindre bruit qui se fait dans notre Eclaron toujours si paisible, car il suffit d'un fusil que l'on décharge pour me rappeler le grand événement dont ce pays fut le théâtre... Te l'ai-je déjà raconté?...

— Jamais, mon oncle, et je l'entendrai volontiers... dis-je avec empressement, d'une voix jubilante.

Je mentais par la gorge, et c'était mal, je la sais... mais comment résister à la pensée de faire plaisir au bon vieillard?

Napoléon était son idole!

Six fois, dix fois déjà, le drame en question m'avait passé par les oreilles, gros et détail, car, chaque année, aux vacances, je passais régulièrement quelques semaines dans le petit manoir de mon oncle, et chaque fois il ne manquait pas de me saturer de son aventure par excellence. Je pris donc, comme toujours, la pose, l'attitude d'un homme affriandé, qui se prépare à savourer un mets favori, et regardant mon conteur d'un œil fixe, je restai muet.

Pour lui, son bon visage refléta la satisfaction cachée au fond de sa poitrine, et, pour se mettre en verve, il huma doucettement, méthodiquement, un petit verre de bordeaux que je lui versai.

— Dis-moi donc un peu, cher ami, fit-il enfin d'une voix papelarde, s'il est sur terre une province plus paisible, plus calme, plus fortunée que notre belle Champagne?

Les cigales, il est vrai, craquettent dans nos grands bois d'une façon monotone ; les troupeaux bêlent sur les chemins, et les noirs charbonniers obstruent souvent nos routes de leurs attelages de bœufs; mais toutes ces choses sont les indices de la prospérité, de la paix, du bonheur. Sans les foins aurait-on des cigales, et sans nos fonderies rencontrerait-on les charbonniers ?

Quant à notre village en lui-même, tu en es le témoin, grâce aux fioritures des oiseaux dans nos haies fleuries, et nonobstant le caquetage de nos ménagères, le tic-tac des moulins sur la Blaise et la trompe du vacher qui sonne le départ et le retour de nos génisses, nous pourrions nous croire dans une oasis enchantée, n'est-ce pas ?

— Mais, cher oncle, ce sont et ces causeries de nos braves filles d'Eve, et ce tic-tac des moulins, et le murmure des eaux de la Blaise, et cet appel du bouvier, et les cloches du matin et du soir même, qui font la poésie des champs... dis-je tout d'une traite.

— Ah ! tu es de mon avis ?...

— Parfaitement, mon oncle, car j'admire et j'aime votre oasis fortunée...

— Eh bien ! mon très cher, il y eut un jour où cette paix, ce calme, ce bonheur, cette poésie comme tu dis, tout disparut...

— Bah ! m'écriai-je, qu'était-il arrivé?...

— La terrible année de 1814, mon ami...

reprit mon oncle d'une voix sépulcrale, et avec 1814, l'invasion des barbares, dans la personne des Russes, des Prussiens, des Autrichiens, des Bavarois, que sais-je, moi ? de l'Europe entière démuselée, déchaînée...

— Une belle poésie encore, celle-là !... mais terrible, grandiose ! osai-je dire.

— Alors le roulement des canons remplaça la craquette de la cigale des prés ; la fusillade crépita dans le lointain au lieu de la cognée du bûcheron ; les hurrahs des Cosaques retentirent à la place du mugissement des bœufs ; le tocsin sonna chaque jour à défaut d'*Angelus*, et au lieu du tic-tac du moulin et de la trompe du vacher, nous eûmes des roulements de tambours et des fanfares de trompettes à en frémir...

Quel temps, mon ami, quel temps !

Et, là-dessus, mon oncle se prit à m'expliquer, au point de vue de la stratégie, comme quoi la Champagne étant sur le chemin des ennemis de la France qui passaient le Rhin, leurs légions débordèrent alors sur toutes les parties de cette pauvre province, pillant, brûlant, massacrant, et devant eux chassant les débris des armées du grand empereur, dont l'étoile semblait pâlir...

— Ah ! Napoléon en avait fait voir de dures à tout ce monde, à Marengo, à Austerlitz, à Iéna, à Eylau, à Wagram, et en bien d'autres endroits à jamais célèbres par nos victoires...

aussi venaient-ils chez nous prendre une cruelle revanche...

— Halte-là ! l'ami... Crois-tu donc que nous les avons laissé faire ? Sache donc que le dernier de nos paysans champenois se fit soldat, et brave soldat encore ! Toute la Champagne se leva comme un seul homme... continua mon oncle avec l'énergie de ses jeunes années. Oui, mon neveu, on prit tous les vieux sabres, et la meule du forgeron se chargea de les faire couper. On décrocha tous les vieux mousquets et les antiques arquebuses, vénérables tromblons endormis dans la poussière, et on les réveilla pour les faire parler. Pertuisanes, hallebardes, lances, piques, arbalètes, et jusqu'aux faulx emmanchées, tout devint une arme, et heureux qui en possédait. Ainsi, nous eûmes bientôt des bataillons tout frais à joindre aux troupes débandées de Napoléon, qui, disait-on, réparait ses forces dans notre voisinage.

En attendant, à l'approche des bandes ennemies, nous envoyions nos femmes dans la forêt du Der, qui a de fameuses cachettes, va ! et elles y emportaient leurs enfants et tout ce que nous avions de plus précieux.

Quant à nous, nous nous embusquions sous les saulaies, dans les chenevières, au fond des fossés, et aussitôt que Russes, Cosaques ou Prussiens, à pied ou à cheval, passaient à notre portée, nos mousquets sifflaient, nos arquebuses crachaient, nos pertuisanes lardaient,

nos lances perforaient et les faulx fauchaient...
il fallait voir ! Il tombait des cadavres, il rou-
lait des têtes, il grêlait des bras, il pleuvait
des jambes ! quelle moisson humaine !... Le
coup fait, on se recouchait dans les fossés, on
se glissait dans la saulaie, on s'enfonçait sous
la chenevière... Et puis, quand le danger
avait disparu, on se comptait. *De profundis*
pour ceux qui étaient en moins, car ils étaient
morts pour le pays ! Gloire et vaillance pour
ceux qui restaient... Et on attendait encore.

Pendant ce temps, le tocsin sonnait de village en village, et la générale battait à travers
champs dans toutes les vallées. C'était affreux
à entendre, mais il le fallait ; il fallait
s'appeler, se porter mutuellement secours.
C'était bien autrement horrible de voir,
dans la nuit noire, flamber au loin les châ-
teaux, les fermes, les granges, des hameaux
entiers ; d'ouïr la course précipitée de la cavalerie en fuite sur des chaussées retentissantes ; de
retrouver au coin de son foyer, se détachant
en gris sur la flamme rouge, ces misérables
étrangers mangeant votre pain, buvant votre
vin et pillant votre maison. Aussi tombait-on
sur eux comme les diables sur les damnés,
pour les assommer et les enfouir dans les jar-
dins. Alors le sang coulait ; on marchait sur
des cervelles tombées des crânes brisés ; des
gémissements troublaient un moment le silence, ou entendait demander grâce ; mais au

lieu de tirer dessus à balles, ce qui au... fait du bruit, on frappait à coups de crosse de fusils. Cela produisait un son mat et flasque, et faisait beaucoup de besogne, sans grand tapage, et aux plaintes funèbres, au râle mortuaire succédait un dernier soupir plus ou moins prolongé... C'était fini... le Cosaque, l'Autrichien ou le Bavarois partait en compagnie pour les mondes inconnus...

Oui, il fallait qu'il en fût ainsi. Si on n'avait pas agi de la sorte, nos villages eussent été brûlés, nos troupeaux dévorés, nos volailles mangées, nos maisons détruites... Que de fois c'est arrivé encore, malgré notre vigilance, malgré le courage que l'on déployait !... Heureusement que nos familles étaient cachées et comme perdues aux fins fonds de nos grands bois !... Ah ! que la guerre est une épouvantable chose ! Mon Dieu ! que nous avons eu à souffrir avec tous ces gredins de Cosaques et de Russes... les Cosaques surtout, je les avais en haine à cause de leur rapacité et de leur insupportable malpropreté... On les pouvait suivre à la trace, tant ils répandaient une odeur !... Et puis tout leur était bon pour manger : ils s'emparaient de toutes les saletés qu'on rejette des cuisines, et se disputaient à qui s'en régalerait. La chandelle, la chandelle surtout était pour eux de l'ambroisie, et deux hommes se sont tués là, dans mon jardin, afin de s'arracher un malheureux paquet de chandelles

dont l'épicier s'était vu dépouillé par force...
Mais ne parlons plus de ces misérables : je
sens que je me mettrais en colère, il faut que
ça 'ombe sur quelqu'un, et, mon ami, je serais
bien capable de...

— Allez ! allez ! mon oncle, ne vous gênez
pas... je serai volontiers le paratonnerre ;
laissez, laissez tomber sur moi le fluide élec-
trique : vous ne me ferez pas grand mal...
dis-je en riant. Du reste, ajoutai-je en repre-
nant mon sérieux, je suis de votre avis : quel
désastre que la guerre ! Dire qu'il faut quitter
son père, sa pauvre mère, ses frères, ses sœurs,
ses amis, sa chaumière, la chère maison qui
vous a vu naître, pour aller se battre avec des
gens contraints comme vous à sacrifier leur
vie, que vous ne connaissez pas, qui ne vous
ont jamais fait de mal, et qu'il est essentiel
de tuer... si on ne veut pas être éventré par
leurs lances ou par leurs sabres ; de mitrailler
le vos fusils et de votre artillerie, sinon vous
m êtes écharpés ; et puis alors il faut mourir
dans une affreuse agonie, sur la neige, par le
froid, ou sous un ardent soleil, au milieu de
larges flaques de sang, foulés aux pieds par
les chevaux, ou écrasés par les canons, sans
avoir seulement le moyen d'invoquer Dieu, et
enfin être jeté en terre par des paysans aux-
quels vous faites horreur, loin de votre pays,
loin de ceux qu'aime votre cœur, et tout
cela... uniquement parce qu'il a plu à S. M. I.

ou R. de se mettre en brouille avec une autre
Majesté Royale ou Impériale ; c'est vraiment
trop fort...

— Eh bien ! oui, c'est comme cela, reprit le
vieillard un peu calme ; et pendant que notre
armée champenoise se battait fort et frappait
dru, arrêtant, fatiguant et fauchant l'ennemi
pour donner à nos vrais soldats le temps d'arriver, rien, rien ne se présentait. Aussi nous
étions sur les dents...

— Anne, ma sœur Anne, ne vois-tu rien
venir?...

— Tu ris, mauvais plaisant... c'est vrai
pourtant, nous avions l'air d'être oubliés de
notre brave empereur !...

— Cruelle position ! mais, j'en suis sûr,
mon oncle, vous aviez toujours bon espoir,
vous?...

L'oncle Nivard cligna de l'œil, puis, s'ad-
ministrant le cordial d'un verre de bordeaux,
qu'il but à la santé de son empereur, il reprit
ainsi la parole :

— Un soir, que dis-je ? une nuit, vers deux
heures du matin, je fus réveillé en sursaut par
un de mes domestiques très effaré. On me demandait en toute hâte... C'était un courrier
arrivant à franc étrier de Vassy, où était l'ennemi, pour m'apprendre que, le lendemain,
Éclaron serait infailliblement envahi et qu'il
fallait nous tenir sur nos gardes...

— Ma commune envahie !... m'écriai-je.

Nenni pas!... Ils me passeront sur le ventre... avant d'envahir ma commune!...

J'étais maire d'Eclaron, à cette époque difficile, mon ami, et je pouvais bien dire : ma commune!...

— Quelle responsabilité, mon oncle!.. murmurai-je.

— Dis donc : quel courage! Heureusement, continua le digne homme en se rengorgeant sur un signe admiratif jeté par moi fort à propos, heureusement, pendant que j'étais maire, mon frère était adjoint, et comme nous demeurions ensemble, nous nous fortifiions mutuellement.

A nous deux nous prîmes la résolution de sauver le pays, et tu vas voir si nous avons réussi.

Dès le matin du terrible jour de l'envahissement annoncé, le tambour bat dans le pays, et mes hommes se réunissent. Je fais venir ceux des villages voisins et j'ai bientôt une petite troupe à ma disposition. Certes, ces soldats d'emprunt ne boudaient pas, je te l'affirme. Aussitôt mon frère envoie des patrouilles dans tous les sens : moi, je mets ma réserve cachée sur toutes les routes. Je fais surtout éclairer celle de Vassy, par Hambécourt. Chaque clocher, par mes soins, reçoit des sentinelles qui veillent, et chaque bouquet de bois cache une vedette qui observe. Ordre de faire feu de distance en distance jusqu'à Eclaron, point central, si l'ennemi se montre sur un point, afin que je sois prévenu à temps. Ordre de laisser passer les courriers et estafettes, s'il s'en présente, qu'ils viennent de notre empereur ou de l'armée ennemie : je serai là pour les recevoir. Tout est réglé ; chacun est à son poste ; nous attendons...

J'avais eu soin d'accaparer tous les vivres, à cinq lieues à la ronde, et je les tenais sous ma main, là, dans mes caves et dans des celliers que les ennemis eussent cherchés longtemps.

En outre, deux compagnies bien armées avaient été envoyées dans le Der pour rassurer et au besoin défendre les femmes, filles et enfants.

La journée se passa peu à peu, sans la moindre alerte.

Mon frère observait notre vallée du haut des combles de l'église.

Le soir venu, je me félicitai de la façon dont nous avions échappé au danger, et j'encourageai mon monde, en faisant distribuer des victuailles en abondance à la petite armée. Tout chacun se communiquait ce qu'il pouvait savoir de nouvelles. Les uns disaient que les Russes étaient à Bar-le-Duc ; les autres prétendaient qu'ils se trouvaient à Montier-en-Der. On ajoutait que deux corps d'Autrichiens et de Bavarois, séparés jusqu'alors, tendaient à se réunir et que ce serait à Eclaron que se ferait la jonction...

Mais de notre empereur, pas un mot ! Pas un traître mot sur la position de notre armée française !

C'était à frémir, mon ami, c'était à frémir...

— Dites donc que c'était à perdre la tête, mon oncle...

— En tout cas, je ne l'ai pas perdue, tu vas voir !... Et mon frère donc !...

La nuit se passe, bien en ordre, sans mouvement, tout le monde à son poste. Le matin commence à s'annoncer par le blanc diadème de l'aube. Mon frère remonte en hâte à son observatoire.

Il y avait à peine une demi-heure qu'il était là-haut, faisant le pied de grue, lorsqu'il descend comme un tourbillon et m'arrive dans les jambes comme une bombe.

— Les Cosaques !... me dit-il tout essoufflé, et en même temps d'un air jubilant.

— Comment, les Cosaques ! Et tu parais si joyeux ?... lui dis-je, en accourant sur la place, là-bas, devant ma grille.

— Oui, deux Cosaques... à cheval. Nos avant-postes les ont laissés passer... Ils arrivent... Tu vas voir... Un moment !... Ils ont la prétention de traverser Eclaron ventre à terre... mais ils comptent sans nous... Il s'agit

de les prendre, car ils sont porteurs de dépêches, j'en ai la certitude.

— Et nos hommes de garde qui sont allés
déjeuner !... dis-je tout alarmé.

— Cela ne fait rien... Pas de bruit... répond
mon frère. Ouvre la porte de la grille, les
deux portes... Vite, vite, voici les Cosaques...

J'exécute l'ordre de mon frère, et les maudits Cosaques arrivent à fond de train ; je suis
la manœuvre que je lui vois faire, c'est-à-dire
que, moi comme lui, nous nous plaçons en
travers de la rue et de la place, subitement,
et agitant nos grands bras comme des télé-
graphes, nous effrayons les chevaux, qui ne
voyant plus d'espace libre que la large ouver-
ture de la grille, malgré les efforts de leurs ca-
valiers, se jettent dans la cour.

Aussitôt que gens et bêtes sont entrés dans
la souricière, la grille rest fermée et solidement
cadenassée. En même temps mon frère saisit
un tambour que le hasard avait mis là tout
exprès sous le kiosque, il bat un rappel précipité, des hommes accourent le fusil en ban-
doulière, les chevaux sont saisis, les Cosaques arrêtés, liés, fouillés, et de gros paquets
de dépêches sont trouvés sur eux...

On les met en prison dans une cave bien
gardée, les pauvres gens ; puis, revêtu de mon
écharpe, je réunis mon conseil municipal, et
je lui soumets le cas : *Dépêches prises sur des
Cosaques, adressées à un général ennemi, et*

renfermant sans doute des choses du plus haut intérêt... Que faire ?

Hélas ! à quoi bon délibérer ? Les dépêches sont écrites en langue russe... Quand même nous les ouvririons, nous n'y comprendrions rien...

— Monsieur le maire, me dit alors un des conseillers, savez-vous qu'on annonce dans ce pays l'approche de l'empereur et de l'armée française ?

— Serait-ce possible ? m'écriai-je. Quelle chance heureuse alors !

— On voit même, de loin, des masses noires qui s'agitent sur la route de Saint-Dizier... ajouta mon homme.

Je monte au grenier aussi vivement qu'un écureuil... En effet, de longues files noires zèbrent la route de Saint-Dizier, à sa sortie du bois, et le soleil fait scintiller des armes sur les chemins de Moëslain, de Valcourt, etc. Une armée arrive... Mais est-ce bien celle de Napoléon ?...

— Gervaisot, allai-je dire à un voisin, votre lunette d'approche, vite, bien vite, la mienne est égarée...

Je reçois la bienheureuse lunette et je retourne au grenier...

— Le ciel soit béni ! m'écriai-je... Dans ces flots pressés qui se meuvent sur tous les chemins, je reconnais l'uniforme français. La tête des colonnes touchera bientôt l'entrée de la commune...

Je descends alors en me faisant escorter de mon conseil municipal et d'une compagnie de nos gardes nationaux; suivi de mon frère, qui est chargé des dépêches, je vais à la rencontre des troupes. Mais j'ai à peine franchi la grille, que voici l'avant-garde de l'armée qui se présente.

Une de nos sentinelles qui occupait le coin de la rue, au tournant de la route, faisant un angle droit avec la place, s'avance aussitôt, et, couchant son fusil, la baïonnette en avant, s'écrie d'une voix formidable :

— Halte-là!... Qui vive ?...

— France!... répond le sergent de la troupe...

Oh! mon ami, que ce nom de France fut doux à nos oreilles, et quelle allégresse il alluma dans nos cœurs!

— Quel régiment ? continue la sentinelle.

— L'armée entière... riposta le sergent.

J'aurais volontiers embrassé ce pauvre homme... Le factionnaire relève son fusil, et l'avant-garde passe.

Mais alors voilà des trompettes qui sonnent, des tambours qui battent, des musiques qui jouent, des canons qui roulent, des régiments qui défilent, des escadrons qui s'avancent, et des voltigeurs, et des chasseurs, et des grenadiers, et des cuirassiers, et des gardes d'honneur, et de l'infanterie encore, et de la cavalerie toujours, et de l'artillerie en quantié

Tout ce monde, un vrai déluge d'hommes et de chevaux, des forêts de plumets, d'aigrettes, de panaches, et des schakos, et des bonnets à poil, et des casques, et des chapskas, tout ça s'éparpille, se distribue, se range, se masse sur la place, et dans ces rues qui forment étoile dont la place est le centre, et sur la route qui conduit à Montier-en-Der, et sur la prairie qui le borde à droite et à gauche. C'est mon frère qui assigne à tous les places qu'ils doivent occuper, car l'armée tout entière va stationner à Eclaron pendant quelques heures.

En ce moment, nos cloches se mettent en branle et les voilà qui font entendre leurs plus joyeuses volées. Tout ce qui reste d'hommes et de femmes, de vieillards et d'enfants, mon cortége et moi, au défilé de cette brave armée, nous nous mettons à pousser, de toutes nos poitrines, un terrible :

— Vive, vive l'empereur !

C'était d'autant plus d'à-propos, mon cher, que, en effet, voici l'empereur, notre grand Napoléon, qui, dans ce moment même, tourne aussi le coin de rue, et apparaît à nos regards ébahis, monté sur un très beau cheval blanc, accoutré, par-dessus son uniforme vert, de la redingote grise et du petit chapeau que tu sais, suivi d'un nombreux état-major d'autant plus éblouissant qu'il est lui-même fort simple. C'est Berthier, c'est le duc de ceci, c'est le prince de cela... je me perds toujours dans ces grands noms... L'habitude de vivre au village !... C'est alors qu'on cria de nouveau et vingt fois, cent fois :

— Vive Napoléon ! Vive l'empereur !

Vrai, j'ai eu peur que ma vieille maison, ou d'autres du pays, s'écroulât, tant il y eut un épouvantable ébranlement à cette clameur de toute une armée.

Au milieu de tous ces héros, de tous ces canons, des colbacs, des sabretaches, de l'or et de l'argent des épaulettes, des hennissements des chevaux, des cliquetis du fer, des harmonies des musiques, du vacarme de cette armée, en présence de tous ces grands généraux chamarrés d'or, et en face du grand Napoléon, tu crois peut-être que je perdis la tête, cette fois, hein, mon neveu ?...

— Oh ! mon oncle... essayai-je de répondre.

— Mon ami, Dieu, ce jour-là, me fit aussi calme que tu me vois à cette heure... reprit l'oncle Nivard d'un ton solennel, et en se redressant de toute sa taille.

Je me présente à l'empereur, qui me reconnaît à mon écharpe, me salue affectueusement, comme une vieille connaissance, et sur un signe que je fais à S. M. que la grille de ma cour est ouverte, elle entre, suivie de ses généraux, qui me saluent, eux aussi, et en même temps le conseil municipal, rangé en haie des deux côtés de la porte.

— Diavolo ! mais vous deveniez un personnage, mon oncle !... dis-je enfin, pour satisfaire quelque peu la superbe du brave vieillard.

— Un peu, mon neveu ! me répond-il avec un clignement d'œil qui, chez lui, était la suprême expression de la jouissance.

— Sire, dis-je aussitôt que l'empereur fut descendu de cheval, comme mon cœur, ma maison et tout ce qu'elle renferme sont à Votre Majesté... Veuillez entrer...

— Merci, monsieur le maire, merci de votre bon accueil... mais je préfère rester dans cette belle cour, sous ce kiosque, par exemple ; de là je puis veiller sur mon armée qui, se dirigeant sur Montier-en-Der et venant de loin, a grand besoin de se reposer... Nous vous surprenons, car vous ne pouviez nous attendre ; mais encore auriez-vous quelques vivres à donner à mes soldats ? me dit Napoléon, en mettant la main droite sur mon épaule, pendant qu'il tenait le bras gauche derrière son dos.

— Sire, j'ai un peu prévu votre arrivée, dis-je à S. M. ; en conséquence, mes caves sont remplies de provisions, et mon frère, qui va venir, s'occupera bientôt de ce détail. Pour moi, permettez que je songe à vous-même... Que puis-je ?...

— Vous êtes le modèle des maires, Monsieur... répondit Napoléon.

— O mon oncle, que vous avez dû... tentai-
je de glisser au milieu du flux de paroles du
bon maire...

Mais il continua, sans s'interrompre, le visage empourpré de bonheur :

— Rien pour moi, dit l'empereur : mais veuillez donner à déjeuner à mes généraux, si c'est
possible... Pendant ce temps, je vais écrire...

— O pardon ! Sire... m'écriai-je, en faisant
appeler mon frère, que j'aperçus de la grille,
et en le présentant à S. M. ; mais dans l'émo-
tion que me donne la gloire de posséder chez
moi le héros des temps modernes...

— Ah ! l'oncle Nivard, cette fois...

— J'oubliais de vous remettre ces paquets
de dépêches que, il y a une heure, mon frère
et moi nous avons saisies sur des estafettes
russes, que nous tenons enfermées dans une
salle basse de la maison...

L'empereur s'empara des dépêches sans mot
dire, et les parcourut de son regard d'aigle.
Puis il envoya Roustan, son mameluck, chercher un interprète.

Pendant ce temps, j'apportai un fauteuil à
Napoléon, et je m'empressai ensuite de faire
dresser des tables dans le salon et la salle à
manger : on les couvrit de viandes froides, de
jambons, de poulets rôtis, de toutes choses
préparées à l'avance, et surtout d'excellents
vins. Alors j'invitai les princes et les généraux, qui se trouvaient un peu partout, à se

réunir et à prendre place à ces tables, que mes domestiques entouraient, la serviette au bras.

De son côté, mon frère faisait vider les caves et porter toutes les provisions à chaque régiment, par des hommes de corvée qu'il avait ramenés avec lui. En même temps, sur divers point du bourg, on tuait des vaches, des moutons et des porcs; on allumait de grands feux pour faire cuire ces viandes; on défonçait des tonneaux de vin que donnait tout chacun du bourg, de grand cœur encore, et les soldats étaient invités à puiser à même avec leurs bidons. Ces braves, c'étaient des femmes restées en petit nombre au pays, c'étaient les hommes et les enfants, qui les servaient et veillaient à ce qu'ils ne manquassent de rien.

Le conseil municipal, lui aussi, après avoir été présenté à S. M., l'avoir félicitée de ne pas désespérer du salut de la France, et avoir reçu des compliments du courage héroïque que la Champagne déployait en ces circonstances difficiles d'une invasion qu'elle repoussait avec une admirable vaillance, s'occupait, à son tour, d'organiser des tables pour les colonels, les capitaines et les officiers de l'armée, dans les appartements de l'hôtel de ville, les salles à manger des maisons de plaisance et les grandes pièces des auberges.

Aussi, en vérité, une heure après le défilé de l'armée française, qui avait été long, alors que tous les chevaux de la cavalerie et de l'ar-

tillerie, des fourgons et des caissons, dételés,
débridés et attachés à des piquets rangés de
tous côtés en longues files, se reposaient sur
une paille fraîche et mangeaient l'abondante
provende que je leur avais fait généreusement
distribuer ; et que les soldats, fantassins et ca-
valiers réunis autour de grands feux, enlevaient
aux marmites bouillantes ou aux broches brû-
lantes les quartiers de viande qui y cuisaient et
se les partageaient fraternellement, buvant
largement les vins qu'on leur livrait sans re-
garder à l'épargne : c'était un curieux spectacle que notre Eciaron. On peut dire qu'il
s'est illustré ce jour-là : nous en avons tous
conservé un beau souvenir...

Un pâle soleil d'hiver projetait ses rayonne-
ments lumineux à travers les nuages gris, sur
cette scène immense, qui aurait mérité
d'exercer le crayon d'un artiste. C'étaient partout de joyeux éclats de rire, car nos soldats
sont toujours Français quand même ! Et puis
les paysans des environs ne cessaient d'arriver par bandes, apportant tous quelque vic-
tuaille à notre armée, et ils acclamaient l'empereur, ils buvaient à sa santé, à ses succès,
au retour du bonheur de la France, à la déli-
vrance du pays, en trinquant vingt fois avec
les troupiers. Non, jamais, dans ma longue
vie, il ne m'a été donné de jouir d'un pareil
coup d'œil...

On venait aussi voir les deux chevaux des

Cosaques, les lances et tout le fourniment de mes prisonniers. C'étaient d'étranges animaux que ces chevaux, couleur fauve assez indécise. Ils étaient petits, secs, maigres, n'ayant que les os. Mais quelle charpente de fer, quels muscles d'acier, et quel œil de feu! Leurs crins étaient dans un affreux désordre : il paraît que messieurs les Cosaques ne se fatiguaient pas à les étriller. Ces pauvres bêtes crottées, épuisées de fatigue, très mal en point, regardaient les curieux d'un air qui semblait dire : Il y a longtemps que nous ne nous sommes trouvés à un aussi bon râtelier!

Quant à leurs maîtres, on aurait bien voulu les voir aussi... Mais halte-là! J'avais ordre de les tenir bien à l'ombre pour ménager leur teint, et de ne leur rendre la liberté qu'autant que la guerre s'éloignerait de notre patrie...

Cependant je crus remarquer que l'empereur, tout en feuilletant les papiers que je lui avais remis, cherchait inutilement du tabac à priser dans la poche de son gilet, doublée de cuir à l'effet d'avoir toujours de cette poudre de Nicot à sa portée. Aussi m'empressai-je d'aller à lui et d'ouvrir ma tabatière, en disant :

— Sire, me permettriez-vous de vous offrir de ce tabac?

Il en prit une pincée, et appelant Berthier :

—Berthier, demandez du tabac à Roustan...
fit-il.

— Est-ce que vous avez encore cette tabatière, cher oncle? dis-je à mon excellent parent, du ton d'un homme fort curieux de la
voir...

— Si je l'ai? répondit monsieur Nivard, si
je l'ai?

En même temps qu'il parlait, mon oncle
courut à un secrétaire, qui était dans une pièce
voisine.

— La voici, cette tabatière à jamais respec-
table... s'écrie-t-il, en la rapportant triompha-
lement. Elle n'a jamais servi depuis, et elle
renferme encore le même tabac dont Sa Majesté l'empereur Napoléon prit une pincée...
Je lègue cette tabatière à ma postérité...

C'était, notez bien, c'était une simple tabatière ronde en buis, à couvercle disposé en
creux, avec une charnière.

— Monsieur le maire, me dit alors l'empereur, continua mon oncle, savez-vous bien que
c'est un précieux cadeau que vous venez de
me faire dans ces papiers? Ces dépêches me
révèlent les projets de l'ennemi. Grâce à elles,
je sais où prendre les Russes, les Autrichiens
et les Cosaques, et je puis empêcher leur réunion. Merci, Monsieur, merci! Comment vous
en êtes-vous rendu maître?

Je racontai à Napoléon l'histoire de la prise
des Cosaques.

— Très bien ! fit-il, et qu'on ne les lâche qu'à bon escient, c'est-à-dire quand les Russes quitteront la France...

Puis S. M. ajouta, un moment après :

— Monsieur le maire, je vois dans la poche de votre habit une lunette d'approche qui ferait d'autant mieux mon affaire, que la mienne est égarée. Pourriez-vous en disposer ? Ce serait un service, car les opticiens sont rares en Champagne...

J'aurais bien fait un calembourg sur ce dernier mot de l'empereur, mon cher, mais le moment était trop solennel, pour commettre une plaisanterie.

Je me contentai de faire hommage de la lunette à S. M. au nom de Gervaison, son possesseur.

En ce moment, mes gens m'apportèrent un plateau chargé d'un verre, d'un flacon d'excellent bordeaux vieux et de quelques biscuits. Je m'en emparai, et le plaçant en face de l'empereur, je lui versai quelque peu du liquide généreux.

— Grand merci, monsieur le maire, fit-il en m'arrêtant du bras. Roustan, mon mameluck, a toujours un repas froid à ma disposition : quand j'aurai besoin de manger, je n'aurai qu'un signe à faire. Cependant si... vous aviez du tokai ?...

— Oui, sire, et je serai heureux d'en offrir à Votre Majesté... me hâtai-je de dire.

En effet, il y avait du tokai à Eclaron, mais pas chez moi... Je fis donc courir chez son propriétaire en demander une bouteille, que l'on m'apporta aussitôt. J'en versai à l'empereur qui, cette fois, trempa ses lèvres dans le verre et but quelques gorgées.

Puis il continua son travail, en appelant à lui quelques officiers supérieurs dont il s'entoura pour étudier avec eux la carte de Montier-en-Der et de ses environs, sur laquelle il pointait des épingles aux couleurs françaises, russes, autrichiennes, etc. Je remarquai notamment un petit drapeau rouge piqué sur Brienne-le-Château, où ce grand aigle avait fait pousser ses ailes et où il avait senti venir sa force et sa puissance. Aussi son œil s'enflamma, et, regardant les généraux qui l'entouraient, l'œil fixé sur ses lèvres :

— Messieurs, dit-il, notre armée reconstituée a eu hier déjà un avantage sur Blücher, près de Saint-Dizier. Aussi empêcherons-nous, grâce à cette dépêche, saisie par le vaillant maire d'Eclaron, que voici, la jonction de ce Blücher avec Schwarzemberg, qui l'attend. Pour cela, il nous faut traverser en toute hâte la forêt du Der, passer à Montier-en-Der la nuit prochaine, et demain livrer bataille à Brienne, où se rend Blücher, ces papiers me le disent. Si le génie de la France veille encore **sur nous,** nous immortaliserons ce bourg de Brienne-le-Château par une grande victoire...

Le silence régnait autour de l'empereur. pour le mieux entendre.

Ayant dit, Napoléon croisa ses bras sur sa poitrine, appuya son dos au fauteuil, et, étendant ses pieds vers un grand feu que j'avais fait allumer sur la pelouse, tomba dans une profonde rêverie.

Je te l'ai fait remarquer, le ciel était splendide, ce jour-là, et cependant nous étions au plein cœur de l'hiver, c'était le 28 janvier. Néanmoins, comme il avait plu considérablement depuis plusieurs mois, la route de Montier-en-Der, à travers notre immense forêt, n'étant ni pavée, ni chargée de pierres, mais seulement tracée, m'effrayait pour notre brave armée, qui aurait beaucoup à souffrir dans sa marche. Je crus de mon devoir d'en prévenir l'empereur.

Mais comme je craignais de le troubler dans sa profonde méditation je commençai par en causer avec les généraux. Heureusement ces braves étaient habitués à vaincre toutes les difficultés. Ils en parlèrent au grand capitaine, qui, jugeant alors que la commune d'Eclaron possédait peu de ressources, puisque les chemins étaient en aussi mauvais état, me dit : —

— La Champagne se montre bien dévouée à ma cause, monsieur le maire ; aussi mon dévoir est d'être reconnaissant. Vous pouvez compter que votre clocher, que je vois fort incomplet, sera reconstruit aux frais de l'Etat. Il mérite bien cet honneur, puisqu'il a servi d'observatoire pour mon service. Le pont qui couvre votre rivière de Blaise sera fait en pierres, également à la charge de l'Etat, car j'apprends qu'il est en bois et fort peu solide. Enfin, la route que nous allons suivre deviendra le plus prochainement possible route impériale, je vous l'assure. Puisse-t-elle nous conduire, telle qu'elle est à cette heure, à une victoire qui rende la paix à la France !

Maintenant, Messieurs, ajouta-t-il, hâtons-nous et faites donner le signal du départ...

En effet, sur un simple signal, après trois heures de repos ainsi donné aux soldats qui l'avaient employé à banqueter, le tambour battit, les trompettes sonnèrent, et aussitôt toute cette nombreuse armée livrée au désordre du bivouac et à la folle gaîté française, résultat d'une réception toute fraternelle, se leva, fit ses préparatifs avec une rapidité prestigieuse, et, en un clin d'œil, se trouva dans un ordre parfait et toute prête à partir.

Le défilé recommença, et les régiments d'infanterie, de cavalerie, d'artillerie, de pontonniers, etc., s'acheminèrent vers la forêt du Der.

Il dura longtemps, car les innombrables paysans venus de loin entravaient la marche :

mais ils voulaient tous voir, saluer chacun des soldats, leur souhaiter à tous bonne chance, et les accompagner de leurs vœux et de leurs bénédictions...

Enfin, l'empereur lui-même, après avoir présidé au départ avec sa nombreuse et brillante suite, monta à cheval et se mit en route, en avant des derniers escadrons.

Je me tenais d'un côté du cheval de Sa Majesté, et mon frère de l'autre. Nous escortions ainsi Napoléon le Grand, mon cher, et nous étions bien fiers de cet honneur.

Toute la population marchait à l'entour des généraux de l'état-major impérial, et l'on ne cessait d'entendre retentir à de grandes distances les cris formidables de : Vive l'empereur !

La petite armée que j'avais mise en campagne étant revenue au foyer, voulait marcher avec l'empereur, tant était grand l'enthousiasme, mais il dit à mes braves :

— Restez dans votre commune, mes amis, et défendez-la comme vous avez fait jusqu'à présent... Croyez bien que je ne vous oublierai jamais, mes braves Champenois !...

— Vive l'empereur ! tel fut le cri qui lui répondit, répété par dix mille voix.

Les paroles de S. M. électrisèrent d'autant mes courageux paysans.

Comme ils étaient heureux de voir leur souverain s'entretenant avec moi, me demandant toutes sortes de renseignements sur les habitants du bourg, sur les pauvres, sur les besoins du pays ; et tout cela avec une bonté d'âme qui mettait à l'aise, tant et si bien que j'en suis encore tout confus, lorsque j'y songe...

Bref, à l'entrée du Der, l'empereur me congédia, et en le laissant partir, je lui exprimai tous les vœux de mon cœur.

Je ne te dirai pas tout ce qu'eut à souffrir, dans la traversée de la forêt, notre vaillante infanterie dans la boue jusqu'aux genoux, notre admirable cavalerie, dont les chevaux marchaient dans l'eau noire jusqu'au poitrail, et la lourde artillerie qui n'arrachait qu'à grand'peine des fondrières et ses canons et ses fourgons.

La guerre est horrible à toutes les époques ; mais elle est encore bien plus épouvantable pendant les rigueurs de l'hiver....

Je t'apprendrai pourtant que le Prussien Blücher, après sa défaite de l'autre côté de Saint-Dizier, avait tourné par Vassy, s'était arrêté à Montier-en-Der pendant la nuit, et prenait la route de Brienne, pour rejoindre Schwartzemberg à Troyes dans le moment même où Napoléon nous quittait et traversait le Der.

Montier-en-Der voyait donc à peine les Prussiens et les Russes le quitter d'un côté, que de l'autre y arrivait l'armée française.

Mais quelle différence pour les habitants!

Avant de te parler de ce qui advint à Montier-en-Der, je veux t'entretenir d'un petit drame intime qui se passa dans la forêt, au-dessus des coteaux qui dominent cette autre bourgade de notre Champagne.

Ils étaient aussi patriotes à leur façon dans ce pays-là : tu vas en juger!...

La forêt du Der forme une immense barrière d'arbres séculaires qui a une épaisseur de trois lieues : des chênes, des hêtres, des ormes, des frênes et des bouleaux. Ici et là des éboulements de roches qui ressemblent à des cascades pétrifiées qui s'épanchent en tout sens, de l'eau qui suinte par tout et qui s'écoule tantôt avec fracas, tantôt avec un murmure monotone. Une prodigieuse végétation, d'un aspect nouveau pour ceux qui n'ont jamais étudié que la flore des environs de Paris, telle est la forêt qui s'étend d'Eclaron à Brancourt, à Francpas et à Planrupt, petits villages précédant Montier-en-Der.

A peine, même dans la belle saison, rencontre-t-on parfois, sur la route qui la traverse et dans les *tranches* ou voies qui partagent cette forêt grandiose, durant toute une journée, quelques rares piétons indigènes, et une ou deux voitures de voyageurs allant d'un pays à l'autre. Aussi rien ne trouble la paix et le silence de ces lieux sévères qu'égaie le chant des oiseaux ou qu'animent de temps à autre le vol de gros oiseaux de proie, buses ou vautours, et les bonds joyeux et pétulants de bandes d'écureuils au pelage d'un brun foncé. De loin en loin, encore, on voit les tranches traversées, ici par un sanglier solitaire, là par un renard en maraude.

A la sortie de la forêt, auprès de Brancourt, on se trouve en face d'un assez vaste étang. On voit alors que la forêt a été convertie en une immense clairière, afin de donner place à des terres arables. Les arbres ne disparaissent pas encore, ils sont seulement beaucoup plus rares. On rencontre surtout beaucoup d'érables, dont les formes contournées et les agencements bizarres feraient la joie des horticulteurs chinois, qui ne prisent que les monstruosités des arbres. Une mousse épaisse et serrée, plus jaune que verte, tapisse partout le sol de cette vaste lande, et à travers son feutre épais, s'élancent des graminées aux feuilles courtes, élastiques et dures, et spécialement aussi des massifs de genêts aux fleurs d'or.

Le terrain sinueux descend, puis monte, pour descendre encore, et remonter plus loin. Du point culminant les regards s'étendent sur un immense panorama champêtre des plus pittoresques. Partout des bouquets de bois, partout des hameaux dont les toits rouges s'abritent sous la lisière de la forêt, partout des clochers dont les ardoises brillent au soleil.

partout de nombreux troupeaux qui bêlent ou mugissent sous la garde du pâtre champenois.

Mais si beau, si poétique, si pastoral que soit ce spectacle, les regards ne tardent pas à s'en détourner, et se fixent, avec non moins d'admiration, sur des plantes chétives qui végètent pauvrement çà et là aux pieds du touriste. Du premier coup d'œil, on distingue l'anémone pulsatille, à fleurs rosées, et sa sœur blanche, à fleurs de narcisse. A côté resplendit le laiteron des Alpes, dont les feuilles tailladées ressemblent à celles du pissenlit, mais qui produit une fleur d'un azur à faire honte à nos bluets. Près de lui surgit la gentiane à fleurs jaunes, avec la racine de laquelle certains paysans fabriquent une eau-de-vie qu'ils préconisent à l'égal d'une panacée. Enfin on y reconnaît l'aconit à son casque de forme étrange et plus long que large, à ses feuilles incisées et dentelées, et à son fruit lisse sans la moindre trace de duvet...

— C'est tout un cours de botanique que vous me faites là, mon cher oncle... dis-je au bon vieillard, qui se complaisait à énumérer les richesses florales de la forêt du Der.

— J'ai mon motif pour cela, et je te prie de remarquer ce que je viens de te dire sur l'aconit précisément, me répondit mon oncle. C'est un poison des plus violents.

Quand on a dépassé le village de Planrupt

que je t'ai nommé plus haut, et qui garde un
des côtés de la route de Montier-en-Der, on
retrouve la forêt, et on doit achever de la traverser pour atteindre cette bourgade; qui se
présente enfin dans une vaste plaine basse,
magnifique à voir à cause de sa belle abbaye,
de ses jolies villas, de sa rivière de Voire qui
l'arrose tout en fertilisant de splendides prairies, et puis des nombreux villages émergeant
de la verdure, et des riches coteaux capiton-
nés de fermes et de bocages plantureux qui
lui forment une immense ceinture.

La plus élevée de ces collines est la côte
Berdin, que la route couronne et d'où la vue s'é-
tend sur tout le bassin de la Voire et du bourg.

Or, en cette malheureuse année de l'invasion de notre Champagne par les alliés, et la
veille du jour où nos troupes quittant Eclaron
se rendaient à Montier-en-Der, les Russes,
qui occupaient le pays alors, s'étaient imaginé
d'envoyer au sommet de la côte Berdin, dans
le fourré le plus épais du bois, une nombreuse
escouade de Cosaques, dont la mission était
de veiller sur toutes les routes, et spécialement sur celles de Saint-Dizier et Vassy, de
Vitry-le-Français, de Brienne-le-Château et
d'Eclaron, aboutissant toutes à Montier-en-
Der, afin de voir l'approche de l'armée française, et, en outre, d'observer les mouvements
des populations armées qui pouvaient s'opérer soit dans la forêt, soit dans la plaine.

Comme tu le sais, on était en plein hiver, et une bise glaciale sévissait, surtout au sommet de la côte Berdin, qui s'avance comme un haut promontoire et domine l'immense plaine basse de Montier-en-Der.

Aussi les soldats, jetés en enfants perdus sur ce haut mamelon, cherchèrent-ils à s'abriter de leur mieux. D'abord ils démolirent une cabane de charbonnier qui se dressait dans le voisinage, et se servirent des madriers dont elle était composée pour élever une sorte de corps-de-garde. Ensuite, comme ils virent à quelque distance, au-dessous de leur poste, une tuilerie que ses habitants avaient abandonnée, ils allèrent la piller. Ce qu'ils y rencontrèrent de vivres fut emporté, avec quelques ustensiles de ménage, notamment une marmite en fer. Ils en usèrent immédiatement, en allumant un grand feu et en plaçant au-dessus leur marmite pour préparer leur repas du soir.

Quand la nuit fut venue, des factionnaires disposés sur divers points de la colline et le long de la route, se mirent en devoir d'observer le site et de suivre des yeux les lumières qui brilleraient dans la plaine et les bois, car les ténèbres étaient d'une telle épaisseur qu'il eût été impossible de faire un pas sans s'aider d'un falot.

Ainsi vingt-cinq Cosaques étaient posés en vedettes sur la longueur de la route à la sortie du bois, et vingt-cinq autres de distance en distance sur les clairières qui bordent la forêt.

Soixante-quinze autres hommes restaient au poste, se chauffant, mangeant, buvant, fumant et devisant entre eux.

Leurs chevaux étaient restés à la ville, et ils étaient venus à pied, cherchant à éviter les regards, comme une patrouille vigilante qui tient à voir et à ne pas être vue.

Mais les gens de Montier-en-Der comptent des malins parmi eux, et comme, malgré toutes les précautions prises, ils avaient vu monter la côte Berdin par les cent vingt-cinq Cosaques, commandés par quelques officiers, et qu'ils savaient que c'était par la route d'E-claron que l'armée française arriverait, car Napoléon avait envoyé une estafette de Saint-Dizier, par Vassy, à Montier-en-Der, ils flairèrent un piége et résolurent d'ouvrir la route que ces cent vingt-cinq Cosaques prétendaient fermer...

Que se passa-t-il donc, pendant cette nuit qui précéda l'arrivée de l'empereur, sur ce point de la forêt du Der qui couvre la route d'Eclaron et la côte Berdin?

On le sut le lendemain au passage de l'armée française.

Il paraît que, à Brancourt, l'empereur avec son état-major avait pris la tête de ses troupes s'avançant en colonne, et S. M. s'avançait

1

le premier, entouré de tous ses généraux, lorsqu'on atteignit l'extrémité du bois et le poste des Cosaques.

De son regard d'aigle Napoléon devina ce poste, quoique caché dans un fourré, derrière un massif de chênes. Au fait, il était impossible de ne pas le deviner, car un des Cosaques était là, debout contre un de ces chênes, l'arme au bras, la tête haute...

Mais il était mort : ce n'était qu'un cadavre...

— Qu'est-ce que cela ? fit l'empereur.

Et il envoya un officier visiter la cabane du poste, d'où s'élevait encore un léger filet de fumée bleuâtre.

L'officier revint en annonçant que soixante-quatorze cadavres de Cosaques étaient là, étendus pêle-mêle, pâles les uns, les autres la face livide, tous les traits hideux, contractés par une suprême douleur, la bouche tordue par d'horribles convulsions d'agonie. Ces malheureux étaient tous morts empoisonnés.. Les restes du repas étaient dans la marmite, et parmi les quelques légumes qui s'y trouvaient encore, on reconnaissait des racines d'aconit...

— Ah ! je comprends maintenant votre leçon de botanique, cher oncle... dis-je en riant au bon vieillard.

Mais il reprit incontinent, tant il était plein de son sujet :

— L'armée française ne s'arrêta pas pour si peu... Elle continua de défiler le long de la route.

Seulement, alors, de distance en distance, à peu près à chaque huit ou dix des arbres qui la bordaient, elle voyait, et l'empereur avant elle, les cadavres debout, l'arme au bras, appuyés contre ces arbres, d'autres Cosaques dans l'attitude de la vigilance... Hélas! ils étaient morts aussi; on le reconnaissait, et de reste, à la plaie sanglante qui perçait leur poitrine et déversait le sang sur leurs habits.

C'est que Montier-en-Der avait aussi sa petite armée.

Or, vers dix heures du soir, ou onze heures, ou minuit, la veille, de cette petite armée de généreux citoyens s'étaient détachés les meilleurs tireurs, et ils sont nombreux dans le pays, attendu qu'on y aime beaucoup la chasse, la contrée étant giboyeuse. Ces tireurs, en se faufilant derrière les haies, en se glissant le long des fossés, en rampant sur les landes, à la façon des Mohicans du désert, s'étaient approchés peu à peu de ces misérables sentinelles du poste des Cosaques. Alors chaque factionnaire tomba sous une balle champenoise, si bien à point que pas un ne fut épargné.

Nul ne leur porta secours, de leurs camarades de poste. Cela se devine. C'était le mo-

ment où les Cosaques de la cabane expiraient
sous les étreintes du poison et dans les convulsions d'une affreuse agonie.

Après quoi, par pure plaisanterie, et pour
amuser l'empereur à son passage, les tireurs
du pays relevèrent les cadavres, les adossè-
rent aux arbres, l'arme au bras, et les dispo-
sèrent ainsi que j'ai dit pour les faire assister
au défilé de notre vaillante armée, qui ne ta-
rissait pas de rire et de gloser

— Je ne savais pas les Champenois si gail-
lards... m'écriai-je en complimentant mon
oncle.

— Vraiment?... Tu te fiais au proverbe,
au terrible proverbe : quatre-vingt-dix-neuf
moutons et... un Champenois... Hein, Monsieur mon neveu?

Mais ce n'est pas tout, écoute la fin :

J'ai su que l'enthousiasme, le délire, l'a-
mour pour le souverain s'étaient montrés plus
ardents et plus vifs à Montier-en-Der qu'à
Eclaron, peut-être. On était en admiration
devant ces vieux grognards de la Vieille-
Garde, en face de tous ces jeunes minois encore sans moustaches de la Jeune-Garde, en
présence de tous ces nombreux soldats de
toutes armes couverts de fange jusqu'aux
yeux, leurs habits déchirés, leurs chevaux
suant, soufflant, crottés, en regard de tous
ces généraux enveloppés dans leurs pelisses
et leurs fourrures, mais eux aussi hâves, blê-

mes, n'en pouvant mais, leurs riches uniformes flétris, leurs aigrettes et leurs plumets fanés, leurs casques ternis, et tous cependant laissant briller dans leurs yeux un courage sans limites, et un brûlant amour de la patrie.

Les tambours battaient, les clairons sonnaient, les musiques jouaient : *Veillons au salut de l'Empire !* et alors c'était du vertige de la part des habitants de la bourgade, des innombrables paysans venus de loin, de dix lieues à la ronde ; des gardes nationales rassemblées sous les plis du drapeau de leur canton, le maire de chaque pays la ceinture tricolore aux reins en tête, avec les curés des villages ; et des femmes, tout aussi curieuses que les hommes, qui encombraient le moindre espace des halles, des rues et des places. Quels formidables hurrahs ! quels cris vertigineux de : Vive l'Empereur ! les vitres des fenêtres en étaient agitées ; les gens en devenaient chair de poule ; les enfants, entraînés par les acclamations, s'en faisaient les échos et répétaient : Vive l'empereur ! On eût dit que cette fièvre de tout un peuple en rumeur donnait aux soldats, aux généraux, à Napoléon lui-même, la certitude de la victoire.

— Avec un tel peuple la France ne peut périr !... disait-il.

L'empereur descendit à l'hôtel de ville et reçut le corps municipal.

Ne voyant pas le curé du bourg parmi les

représentants du pays, S. M. demanda le prêtre pour lui adresser des reproches sur son peu de patriotisme, dans un pareil moment.

Mais quand Napoléon apprit que l'excellent abbé Driou, tout occupé d'œuvres de bienfaisance et de charité, avait accueilli chez lui, depuis trois jours que passaient sans interruption les bandes ennemies, la population faible et timide du bourg, c'est-à-dire les vieillards, les femmes et les enfants, qui ne se croyaient en sûreté que sous l'aile du ministre de Dieu, et que tout ce monde était campé non-seulement dans les appartements du presbytère, mais aussi dans la serre, dans l'écurie, dans le fournil et dans le jardin, sous les charmilles dépouillées de verdure, et enfin que le bon curé défendait lui-même sa famille chrétienne, en la protégeant de son corps et de son autorité, il fut ému, s'adoucit visiblement et dit :

— Raison de plus pour que je voie cet homme de Dieu !...

Aussitôt un aide-de-camp fut dépêché près du curé, dont la demeure, du reste, était voisine de l'hôtel de ville.

— C'était un bien triste spectacle que celui du passage de ces maudits alliés, hier, dans nos murs, Sire... dit alors le maire, pour répondre à une question de l'empereur. Pendant vingt-cinq à trente heures de suite, de nuit, de jour, des hordes déguenillées, puantes, sinistres à voir, de Cosaques, de Bavarois, d'Autrichiens, de Russes, de Prussiens, de Croates, n'ont cessé d'arriver dans notre bourgade. Elles ont campé dans les rues, sur les places, dans la prairie, partout. Nos maisons, jusqu'à la moindre chaumière, au plus petit hangar, ont été envahies. Ces misérables soldats, les habits déchirés, les chaussures usées, affamés, maigris, réduits à rien, semblables à des fantômes faméliques, se sont emparés de tout ce que nous possédions. Ils ont tué nos bœufs, nos vaches, nos moutons, nos porcs, et jusqu'à des chiens et des chats. Chandelles, dont ils font leurs délices ; sucre, dont ils sont affolés ; café, liqueurs, tout y a passé : les marchands ont été complètement dépouillés. Ce n'a pas été assez pour ces brigands qu'on leur ait livré de deux à trois cents barriques et tonneaux de bière, de vin, d'eau-de-vie, qu'ils ont défoncés, dont ils ont bu à satiété, se gorgeant, s'enivrant à en périr, ce que nous aurions souhaité tous : dans leur folie furieuse ils ont mis le feu par cinq et six fois à nos celliers, à nos granges, à nos écuries. Tout le pays était en alerte et le tocsin sonnait sans relâche. Enfin, après avoir pillé tout ce qui était à leur convenance, emporté ce qui excitait leur convoitise et n'était pour eux d'aucune utilité ; après avoir molesté celles de nos femmes qui ont osé se montrer, ils ont encore entraîné à leur suite des portions notables des troupeaux de nos paysans, des chevaux de labour de nos fermiers, des charrettes de foin, d'avoine, et des provisions de toutes sortes, volailles, jambons, fromages, que sais-je? sur lesquelles ils avaient fait clandestinement main basse.

Assurément le pays est ruiné pour longtemps, continua le maire; Sire, tout le regret que nous en avons n'éteint pas notre amour et notre dévoûment, vous l'avez vu et entendu à votre entrée dans le bourg. Que n'avons-nous pu sauver tout ce qui a disparu depuis trois jours pour l'offrir à nos braves soldats de la France ! Du reste, nous avions caché le plus de choses possible, et déjà j'ai donné des ordres pour qu'on apporte absolument tout ce ce que nous possédons de dernières ressources pour le ravitaillement de notre vaillante armée. Comme nos cœurs, tout ce que nous avons encore, nous l'offrons à notre glorieux souverain et nous lui en faisons bien volontiers l'hommage...

— Bien dit, monsieur le maire... fit l'empereur : nous saurons récompenser la Champagne de ses sacrifices : nous sommes fier du dévoûment et de l'affection de cette province dont je trouve des preuves partout... Il faut être brave comme on l'est dans votre pays, Messieurs, pour avoir agi comme je l'ai vu sur les hauteurs qui dominent votre bourgade... Un poste de cent vingt-cinq Cosaques détruit tout entier par votre audacieuse initiative, c'est merveille, et je m'en souviendrai !...

L'aide-de-camp rentrait en ce moment, le sourire aux lèvres.

— Les hommes sont courageux dans cette bourgade, Sire, dit-il, mais la présence des Russes et des Prussiens a fait une telle peur et laissé une telle impression aux femmes, que c'est curiosité de les voir entassées, pressées, serrées les unes contre les autres dans les cours et le jardin du presbytère. Elles tremblent là comme un troupeau de pauvres brebis que le boucher menace de son couteau. Quel effroi à l'aspect de mon uniforme ! Heureusement le curé les a bien vite calmées en leur disant que S. M. l'empereur des Français arrivait pour les délivrer des alliés et qu'il n'y avait déjà plus de Cosaques dans leur ville...

C'est égal, j'ai eu plaisir à voir cette scène biblique :

Une chapelle dans un kiosque, dans la chapelle un autel, et sur l'autel un Christ, une Vierge et des bougies. Tout ce monde était à genoux à l'entour, et on entendait une voix grave, celle du curé, dire avec un ton de supplication :

— *Jesus, refugium nostrum !*

— *Sancta Maria !*

— *Salus infirmorum !*

Et vieillards, femmes et enfants de répon

dre avec une touchante ardeur d'espoir et de désir :

— *Miserere nobis !*

— *Ora pro nobis !*

— Qu'ils attendent donc à demain pour adresser leurs prières au Dieu des armées et lui demander la victoire pour la France, fit l'empereur, car demain nous livrerons bataille à Brienne...

— Aujourd'hui c'est contre les étrangers coalisés que nous invoquons le Seigneur, Sire ; mais demain, ce sera pour nos frères, les Français menacés, et la ferveur sera double... dit le maire.

— Et le curé ? demanda Napoléon.

— Le voici... répondit l'aide-de-camp.

— Vous vous faites bien attendre, monsieur l'abbé ! dit l'empereur d'un ton sec.

C'était un noble prêtre, au visage doux et majestueux, aux longs cheveux blancs, que le curé Driou. A ce reproche de l'empereur, il rougit et balbutia quelques mots d'excuse. Mais le souverain lui tint bien vite un tout autre langage :

— Je vous félicite d'être autant aimé et autant estimé de la population confiée à vos soins que ces Messieurs de la commune me le disent, fit-il.

Alors il s'entretint particulièrement avec le bon prêtre, et lui fit quelques questions sur sa famille. Quand il apprit que l'abbé Driou avait deux frères soldats qui avaient perdu la vie sur les champs de bataille de l'Italie, qu'un troisième frère était en activité dans l'armée de Sambre-et-Meuse, et le quatrième, le plus jeune de tous, prisonnier sur les pontons d'Angleterre, à Pesth, en Ecosse :

— Ainsi vous êtes d'une famille qui sait allier la bravoure avec toutes les vertus chrétiennes... lui dit-il. Aussi, quand le repos renaîtra pour la France, monsieur le curé, je ferai de vous l'un de ses évêques... Je sais déjà, par monsieur le maire, que vous ne serez ni le moins distingué ni le moins éloquent...

Le digne prêtre s'inclina modestement.

— Berthier, fit aussitôt l'empereur, prenez note de ce que vous avez entendu de la bouche de ces Messieurs de la commune au vis-à-vis de cet ecclésiastique, des réponses de monsieur l'abbé à l'endroit de ses frères, et de la promesse par laquelle je m'engage en ce moment vis-à-vis du curé de Montier-en-Der...

Puis il salua le curé, qui s'inclina profondément devant la majesté impériale, majesté qui se cachait sous la simple redingote grise que vous savez, et le petit chapeau que toute la France connaissait et vénérait de même.

Enfin, toutes les troupes étant reçues dans les maisons particulières, dans les hôtels du bourg, dans le haras que possède la commune, et jusque dans les bâtiments de l'abbaye, Napoléon avec son état-major alla établir son quartier général dans la villa du général Vincent, qui précisément avait reçu le jour dans le pays, et était alors admis à la retraite depuis quelque temps.

Napoléon voulait à tout prix empêcher la jonction de Blücher avec Schwartzemberg, comme nous avons dit. Or, tu as vu que Blücher précédait notre empereur.

Blücher allait donc opérer sa réunion avec Schwartzemberg, d'autant plus facilement que le prince russe se trouvait arrêté dans sa marche sur Troyes, par la rupture du pont de Lesmont-sur-Aube.

Alors Blücher, avec ses Prussiens, et Schwartzemberg, avec ses Russes et ses Cosaques, s'avanceraient ensemble vers Paris.

Napoléon les prévint. Le lendemain, avant le jour, parti de Montier-en-Der d'un pas précipité, il rejoignait Blücher à Brienne, comme il l'avait annoncé, et lui offrait la bataille.

Aussitôt, sans perdre de temps, l'offensive commence. Nos attaques sur les terrasses du parc sont si vives, et la ville basse est tellement serrée de près par nos phalanges, que Blücher est sur le point de tomber aux mains de nos braves.

Une telle capture eût valu le gain d'une bataille : mais ce tour de force ne réussit pas.

Brienne, défendue par les Russes, et le Château par les Prussiens, devint le théâtre du combat le plus acharné. Après douze heures d'une lutte opiniâtre, la nuit vint enfin séparer les combattants.

A dix heures du soir, lorsque Napoléon regagnait son quartier général, fixé à Maizières, une bande de Cosaques se précipita au beau milieu de la colonne qui l'accompagnait, et l'un d'eux allait le percer de sa lance, quand d'un coup de pistolet le général Gourgaud abattit à ses pieds l'audacieux brigand.

Les détails de cette mémorable journée sont inscrits dans l'histoire; mais ce que l'histoire ne peut dire, c'est l'anxiété fébrile, inimaginable, de tous nos braves Champenois, quand le canon leur apprit que la fortune de la France était en jeu à Brienne-le-Château.

A Montier-en-Der spécialement, dont Brienne n'est séparé que par quelques kilomètres, et où pas une décharge d'artillerie, pas un feu de peloton, pas un bruit de ce terrible engagement ne furent perdus pour les oreilles attentives et les cœurs fidèles, on priait avec une admirable ferveur, et on demandait la victoire au Dieu des armées, selon la recommandation faite la veille par S. M. l'empereur.

Mais, hélas! le résultat de cette longue et très sanglante lutte acharnée demeura à peu près incertain.

— Ah! dis-je à mon vieil oncle. dont je sui-

vais le récit, non plus avec le dévoûment dû
à son grand amour de raconter cet épisode
de l'invasion de la France, mais avec un véri-
table intérêt, cette lutte ne sauva pas notre
belle patrie ! La capitulation de Paris fit perdre son sceptre et sa couronne à notre immor-
tel empereur ; son clocher, son pont de pierre
et sa route impériale à votre cher Eclaron, et
au bon abbé Driou, curé de Montier-en-Der,
l'évêché dont, heureusement, sa modestie ne
faisait point trophée.

— Mon neveu, voici ce qui m'advint, le
lendemain même de la bataille de Brienne...
répondit mon oncle, dont le visage refléta une
dignité suprême, et qui sembla perdre de vue
les intérêts de l'empire, et son héros, pour
arriver au dénoûment de sa propre histoire.

Donc, le 31 janvier, alors que la nuit était
venue depuis deux heures déjà, que l'on s'en-
tretenait dans toutes les maisons, sous le man-
teau de la cheminée, de ce qu'on avait appris
des événements de la veille, et que j'étais aux
écoutes, moi, maire du bourg, de ce qui se
passait dans notre Eclaron et aux environs,
voici que, tout-à-coup, on sonne violemment
à la grille. Le mouvement précipité de la clo-
che témoignait d'une certaine inquiétude chez
le survenant.

Je vais moi-même ouvrir, et, qui se présente à moi ? Un homme en blouse sale, maculée de boue, de sang même, et quelque peu

en lambeaux, qui, soulevant à demi un mauvais chapeau, me dit :

— Monsieur le maire d'Eclaron ?...

— C'est moi... répondis-je.

Cet étranger n'ajoute rien, mais il entre et semble vouloir me suivre. Je lui montre le chemin à travers la pelouse, en le précédant.

Une fois la cour franchie, et mon homme dans cette salle à manger où nous voici, toi et moi, il se laisse tomber là, sans façon, sur cette chaise, plutôt qu'il ne s'assied, et jetant son feutre à terre :

— Ouf ! fait-il, il n'y a pourtant pas bien loin de Montier-en-Der à Eclaron, et ça n'empêche pas que je suis drôlement harassé. Si monsieur le maire veut m'offrir un verre de vin, il ne sera pas refusé...

— Venez-vous de Montier-en-Der ?... Alors donnez-nous des nouvelles de Brienne... répondis-je, plus occupé de la France et de l'empereur que du vin.

— A boire d'abord... Je parlerai après... fit l'étranger.

Sur ce, mon frère entre ; mes filles, Louise et Aglaé, entrent ; mes domestiques entrent. Tout le monde était curieux de savoir.

Je fais servir à mon inconnu une bouteille de bon vin. Jamais je n'ai vu boire ainsi : cet homme la vide d'un trait, sans réclamer un verre, qui du reste était voisin de la bouteille.

Ce gaillard se nommait Alençon. Il était grand, fort et maigre. J'ai su depuis que c'était le premier buveur de là-bas. On l'employait à Montier-en-Der, au besoin, pour faire des courses pressées de vingt, soixante et même cent lieues. Il prenait son bâton qu'il tenait toujours horizontalement, comme pour lui servir de contrepoids; il buvait une bouteille, et crac! il partait comme une arbalète, faisait ses vingt, ses soixante ou ses cent lieues, se faisait expédier par le destinataire, et revenait en deux ou trois jours, alors qu'on supposait qu'il arrivait à peine au lieu de sa destination. Il ne mangeait pas alors, il ne dormait pas non plus. Il buvait. Mais il buvait fort. Toutes les heures, il entrait dans un cabaret.

— Une b... b... bouteille de v... v... vin ! disait-il, car il bégayait.

On lui apportait une bouteille, et on allait chercher un verre.

— V... v... vous me d... d... donnez une b... b... bouteille v... v... vide... faisait-il.

On levait la bouteille, elle était humée déjà...

Voici ce que ce messager d'un nouveau

genre m'apprend, ou plutôt nous apprend. Je ne le ferai pas bégayer, pour être bref :

— Donc, monsieur le maire, dit-il enfin, de la bataille de Brienne, on ne sait que penser. Les uns disent que nous avons eu la victoire, les autres que les alliés ont été aussi forts que les Français... Quoi qu'il en soit, je viens à vous de la part de notre empereur !...

Je fis un geste d'étonnement sans doute, car Alençon ajouta aussitôt :

— Oh ! ne craignez pas ! Vous n'aurez pas de pourboire à donner : la commission est payée et bien payée. Seulement il me faut un *récépissé*. Je vous le demande de suite, car je pars : il faut que je sois demain, à midi, à Strasbourg...

— De la part de l'empereur ? dit mon frère.

Le dératé coureur ne répond plus, mais il tire un rouleau de papier de sa poche, avec une certaine peine, car il y était bien caché.

— Pardon, excuse, s'il y a un peu de boue après tout celà, fait-il : c'est que votre forêt du Der n'est pas sûre. Elle est hantée par les Russes et des Cosaques en retard. J'ai été obligé de me cacher dans les fossés pour les laisser passer, les gueux ! aussi j'ai des taches un peu partout. Mais voilà la chose à bonne fin, c'est le principal...

Alors il me remet le rouleau. Je l'ouvre. Vingt-cinq pièces d'or s'en échappent...

Le rouge nous monte au visage, à mon frère et à moi, car nous nous disons :

— Est-ce que l'empereur aurait eu l'idée de nous récompenser avec de l'or ?...

Mais Alençon, cherchant toujours dans ses poches, finit par en tirer... une large lettre, encore plus maculée de fange que le rouleau, et il me la présente. Son enveloppe était à moitié déchirée.

— C'est que, voyez-vous, quand je me suis vu les Russes sur le dos, ce soir. j'ai caché l'or et la lettre dans les buissons. J'aurais mieux aimé mourir que de laisser cette lettre et cet or à ces gredins... ajoute le brave homme.

Je fais sortir la lettre de son enveloppe, et je lis, la fièvre au bout des doigts, car je ne donne pas dans le chauvinisme, mais j'aime mon empereur, après tout...

— Et vous étiez bien aise de savoir ce qu'il vous disait, cher oncle... ajoutai-je en riant : c'est tout naturel...

— Voici ce que contenait cette lettre mémorable :

« Monsieur le maire d'Eclaron,

» S. M. Napoléon l'empereur des Français,

» me charge de vous transmettre l'avis que,

» en récompense de votre noble conduite et
» de celle de votre frère, par un décret daté
» de Montier-en-Der, il vous nomme l'un
» et l'autre chevaliers de la Légion-d'Hon-
» neur...

» Le diplôme vous en sera expédié de Paris
» le plus tôt possible.

» S. M. me recommande de vous exprimer
» d'une manière toute particulière sa satisfac-
» tion personnelle.

» Montier-en-Der, le 29 janvier 1814.

» B. duc de BASSANO.

» P.-S. Vous aurez la bonté de remettre les
» cinq cents francs ci-joints à votre administré
» qui a fait si généreusement l'abandon de sa
» lunette d'approche. »

Ainsi, mon neveu, continue mon oncle, voilà
un empereur traqué par ses ennemis les plus
acharnés, qui les poursuit, qui les rejoint, qui
veut les battre et les bat en effet à Brienne...

— Cela n'est pas prouvé, mon oncle...

— Cela m'est prouvé à moi... On a beau
parler de l'incertitude de la victoire, c'est lui
qui a triomphé, j'en suis sûr, moi ! Eh bien !
malgré tout ce que ce grand génie portait dans
son cerveau d'idées et de combinaisons de
toutes sortes, il se souvient de moi, pauvre
hère ! il se souvient de mon frère, et nous n'a-

vions fait que notre devoir, pourtant; et il nous envoie la décoration de la Légion-d'Honneur. Quel homme! mon Dieu, quel homme!

— Ah! je vous y prends, vous voilà chauvin! dis-je.

— Chauvin, moi? Je ne suis que juste...

— Et, bien entendu, vous avez toujours cette lettre? demandai-je à mon brave vieil oncle.

— Si je l'ai? fit-il, si je l'ai?

Et, comme pour la tabatière en buis, il alla chercher dans le secrétaire voisin la précieuse lettre, encore toute mouchetée de la boue du Der, et me la présenta avec orgueil.

— Tu vois : A monsieur Nivard, maire d'Eclaron.

Alors, ivre de bonheur, s'exaltant lui-même aux souvenirs qu'il évoquait :

— O ma bien-aimée Champagne! s'écria-t-il, si tous les habitants de la France eussent eu le même cœur que celui qui battait dans nos poitrines champenoises, nous aurions encore notre petit Caporal.

D'aucuns s'en vont disant :

« Quatre-vingt-dix-neuf moutons et un Champenois font cent bêtes... »

Ils ont bien de l'esprit, ceux-là !

Qu'ils me disent donc si ce n'est pas à notre Champagne que la France doit :

La belle Eponine et le généreux Sabinus, dont le séjour dans une caverne, près de Langres, pendant neuf ans, et la fin cruelle sur les arènes du Colysée de Rome, sont si connus ;

Flavius-Jovin, né à Reims, préfet des Gaules, consul de Rome, général des armées de l'empire, fondateur de notre cité de Joinville, qui lui doit son nom, et où il construisit une tour qui devint plus tard le château des sires de Joinville ;

Deux papes renommés par leurs vertus, Martin IV et Urbain IV ;

Un roi plein de gloire, Philippe-Auguste :

Deux cardinaux, que leur génie a illustrés, Henri de Lorraine et Paul de Gondi ;

Le commandeur de Villegagnon, vainqueur d'Alger, au XIIIᵉ siècle ;

Charlier de Gerson, chancelier de l'Université de Paris ;

Le loyal sire de Joinville, charmant et naïf historiographe de notre grand Louis IX ;

Le prince René, duc de Lorraine, vainqueur de Charles-le-Téméraire, le terrible duc de Bourgogne ;

Turenne, le fameux Turenne, né à Sédan ;

Et Jeanne d'Arc, donc, notre admirable
Jeanne d'Arc !...

— Halte-là ! cher oncle : elle n'a point place
sur votre catalogue champenois, celle-là ! La
Lorraine la réclame... m'écriai-je...

— Très bien, mon neveu, riposta le bon
vieillard, mais le père de Jeanne d'Arc a reçu
le jour à Ceffonds, près de Montier-en-Der,
dans notre Champagne, et il y demeura jusqu'au moment où il épousa Isabelle Romée,
dans la Lorraine ; or, sans le père, Jacques
d'Arc, la France n'aurait pas eu la fille, notre
immortelle Jeanne, qui nous a si bien délivrés
des Anglais...

— Je m'incline devant votre logique, cher
oncle... dis-je.

— C'est bien heureux ! Donc, je continue :

Tous les Thibauts, comtes de Champagne,
les plus fidèles des vassaux de la couronne de
France et particulièrement Thibaut IV, dit *le
poète*, qui s'unit à Blanche de Castille, pour
arrêter les rébellions qui se faisaient sous
Louis IX, peuvent bien être inscrits sur ma
liste des illustrations champenoises.

Viennent alors Robert Sorbon, fondateur de
notre célèbre Sorbonne ;

Les deux historiens Flodoard et Mabil-
lon ;

Mathieu Molé, le garde des sceaux;

Les deux Pithon, de Troyes, Pierre et François, habiles jurisconsultes;

Le docteur Navier;

Le bon vieil Amyot, le savant helléniste;

L'abbé Vally, le grand historien;

Barbier d'Ancourt, le célèbre critique;

L'abbé Pluche, le naïf auteur du *Spectacle de la Nature;*

Et toute la série des grands hommes dont la Champagne dota le grand siècle:

D'abord Colbert, le tant fameux financier;

Et puis le bon La Fontaine, qui fit si bien parler les bêtes;

Et puis Jean Raime, le dramaturge;

Et puis Diderot, le philosophe;

Et les cinq peintres illustres : Mignard, Lantara, Valentin, Richard-Tassel et Lebel;

Et le grand compositeur Devienne,

Et l'artiste Thomassin;

Et Adrienne Le Couvreur, la célèbre comédienne;

Et l'habile graveur Robert de Nanteuil.

Parlerai-je de Bouchardon, de Girardon, de l'Espongola? Voilà des sculpteurs dont le nom est connu, j'espère, ce qui montre que la Champagne a produit tous les genres d'artistes.

Je cite encore Michel Pignolet, né à Andelot et surnommé Montéclair, qui joua le premier de la contre-basse à l'Opéra ;

Paul Jussy, de Montier-en-Der, un jésuite mais un jésuite hors ligne ;

Le comédien des Essarts, de Château-Villain ;

Picot de Dampierre, officier des gardes-françaises, qui prit le commandement de l'armée, lors de la défection du général Dumouriez ;

Linguet, jurisconsulte, mort sur l'échafaud en 1793 ;

L'avocat Tronson du Coudray, déporté à Cayenne, et mort à Sinnamari ;

Les conventionnels Ferry, Dubois de Crancé, et ton cousin, hélas ! mon cher neveu, Prieur (de la Marne) ;

Antoine Pujet, l'adroit inspecteur des colonies ;

Duvoisin, l'évêque de Nantes, que notre empereur appelait son *oracle* et son *flambeau* ;

Le duc Decrès, ministre de la marine, sous Napoléon.

Combien l'art militaire, parmi nos prétendus

moutons de Champagne, ne compte-t-il pas de héros ? Ecoute :

Voici venir d'abord le général Dammartin, de Dammartin-le-Franc ;

Puis le général Beurnouville, qui, prisonnier des Autrichiens, fut rendu à la France, en échange de la fille de Louis XVI, l'infortunée Madame, devenue duchesse d'Angoulème ;

Le général Vincent, de Montier-en-Der, qui donna l'hospitalité à Napoléon, la veille de la bataille de Brienne ;

Le général de Pouthon, d'Eclaron ;

Le général Damrémont, de Chaumont, pair de France, gouverneur de l'Algérie, chef de la seconde expédition de Constantine, et tué par un boulet, comme Turenne, la veille de son triomphe.

Combien j'en passe !

Mais savent-ils bien, ces envieux, ce que voulait dire le terrible et humiliant proverbe qu'ils nous jettent à la tête ?

Non. Eh bien ! qu'ils l'écoutent une bonne fois, et prête l'oreille, toi aussi, mon neveu :

Jadis, les troupeaux faisaient la principale richesse du pays. César, devenu maître des Gaules, imposa à tous les propriétaires de la Champagne une très lourde taxe. Sur leur réclamation, la taxe ne s'étendit alors qu'aux troupeaux de cent têtes et au-dessus. Aussitôt les propriétaires se concertèrent pour éluder l'impôt et ne présentèrent plus aux préposés du fisc que des troupeaux de quatre-vingt-dix-neuf moutons.

En voyant cette finesse champenoise, César ordonna que le berger compterait... pour un mouton...

Loin d'être une épigramme, la légende est donc toute à l'honneur des Champenois.

Mais vois un peu jusqu'où l'aveuglement conduit certains hommes! ajouta mon digne oncle d'un air d'irritation qui me fit aux lèvres les plis d'un sourire. Une foule de gens cherchent bien loin les impressions, les émotions, les curiosités, les antiquités : il leur faut Bade, Heidelberg, des ruines, du pittoresque, et ceci, et cela. Eh bien! qu'à un touriste frappant de la main sur sa ceinture pleine d'or et tenant à la main son bâton de voyage, on propose de parcourir la Champagne... il vous rira au nez !

Et cependant que de curiosités à voir !

Veulent-ils des champs de bataille ? On leur montrera les plaines de Châlons, à trois lieues de cette ville, entre les villages de la Cheppe et de Cuperly, et ils pourront y retrouver le vaste espace où se ruèrent contre les Huns d'Attila les armées combinées des Romains, des Francs et des Visigoths, et les tumulus où ont été enclos les ossements des terribles barbares commandés par le terrible Fléau de Dieu.

Préfèrent-ils d'antiques cités gauloises ou romaines ? On leur fera voir le village de Perthes, où des fouilles exhibent des cippes gaulois et mille débris d'architecture, de poteries, etc., antérieurs à l'ère chrétienne. On les conduira à Langres, où ils pourront étudier des monuments gallo-romains, des arcs de triomphe dressés à la gloire de Constance-Chlore, après la victoire de ce prince sous les murs de la ville ; Joinville, que fonda Jovin dont je te parlais tout-à-l'heure, et beaucoup d'autres encore : les camps romains de Pressigny, et celui de Louze, près de Montier-en-Der, etc.

Leur faut-il les magnificences archéologiques des ruines grandioses ? On les promènera de l'abbaye de Haute-Fontaine à celle de Haut-Villiers ; de Sept-Fontaines au Paraclet ; de Clairvaux à Cluny, de Montier-en-Der Puellemoutier, et on leur citera les grands noms de Berchaire, de Pierre-le-Vénérable, de saint Bernard, d'Abeilard et de la douce Héloïse, que sais-je ?

Mais je m'arrête, mon neveu : je vois que mes paroles commencent à te fatiguer, car tes yeux se ferment.

Cependant, si je termine, laisse-moi dire encore que ce sont là des curiosités d'art qui méritent l'attention du savant.

— Oui, oui, trois fois oui, mon oncle, répondis-je en me levant en sursaut, afin de vaincre le sommeil... mais tout ce que vous me dites là disparaît devant le prestige du merveilleux courage qu'ont montré vos Champenois aux jours noirs et chargés de tempêtes de notre belle France ! Aussi buvons à la gloire de la Champagne ! m'écriai-je.

— Et à mon ruban rouge, mon ami !

— Et au grand Napoléon, dont le souvenir est impérissable !

— Oui, car il vit toujours dans mon cœur !...

FIN.

Limoges. — Imp. Eugène Ardant et Cie

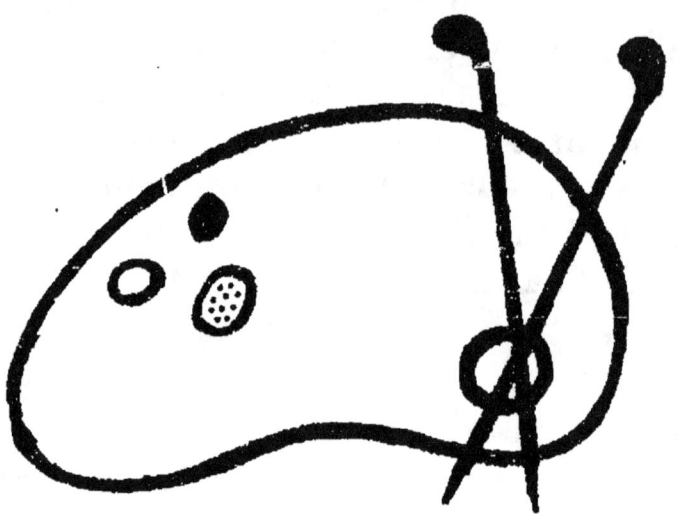

Original en couleur

NF Z 43-120-8